글 마크 그레이엄

스코틀랜드 북부에서 태어났어요. 에든버러에서 공부했고, 스웨덴과 스페인을 여행하며 영어를 가르쳤어요.
모국의 문화를 사랑하는 마음으로 스코틀랜드 춤을 배우기 시작했고 유럽 곳곳에서 무용을 가르쳤어요.
이 책은 여러 스코틀랜드 문화를 어린이에게 알리기 위해서 썼습니다.

그림 마크 소필라스

오스트레일리아 퍼스에서 태어났고, 대학에서 미술을 전공했어요.
광고와 출판 분야에서 삽화가로 활동하고 있어요.
그림 책으로 〈맥스와 함께하는 시드니 이야기〉가 있어요.

옮긴이 신연미

어린이책 출판사에서 어린이책을 만들었으며, 지금은 어린이책 작가 및 번역가로 일하고 있습니다.
옮긴 책으로는 〈넌 다리가 몇 개야?〉, 〈내가 이겼어!〉, 〈꼼짝 않기 대장 케빈〉, 〈잠자기 싫은 토끼〉,
〈엄마는 너를 정말 사랑하니까〉 등이 있습니다.

헬로 프렌즈

피오나와 함께하는 에든버러 이야기

글 마크 그레이엄 ㅣ **그림** 마크 소필라스 ㅣ **옮긴이** 신연미
펴낸이 김희수 **펴낸곳** 도서출판 별똥별 **주소** 경기도 화성시 병점1로 218 씨네샤르망 B동 3층
고객 센터 080-201-7887(수신자부담) 031-221-7887 **홈페이지** www.beulddong.com **출판등록** 2009년 2월 4일 제465-2009-00005호
편집 · 디자인 꼬까신 **마케팅** 백나리, 김정희 **이미지 제공** 셔터스톡
ISBN 978-89-6383-686-7, 978-89-6383-682-9(세트), 3판 All rights reserved. Copyright ⓒ2014 by beulddongbeul

Hello, I am Fiona! from Scotland by Mark Graham et Mark Sofilas
Copyright ⓒ 2010 by ABC MELODY Editions All rights reserved throughout the world
Korean Translation Copyright ⓒ 2014 by Beulddongbeul, Korea
This Korean edition was published by arrangement with ABC MELODY Editions, France through Milkwood Agency, Korea

피오나 와 함께하는
에든버러 이야기

마크 그레이엄 글 | 마크 소필라스 그림

하이, 내 이름은 피오나야.
난 에든버러에 살아.
나랑 같이 우리 가족과 친구들을
만나러 갈래?

별똥별

피오나는 아름다운 도시 에든버러에 살고 있어요.
에든버러는 스코틀랜드*의 수도이지요.
언덕 위에는 오래된 웅장한 성들이 여기저기 있어요.

*영국은 잉글랜드·스코틀랜드·웨일스·북아일랜드 네 개의
 연합왕국으로 이루어져 있어요. 스코틀랜드는 그레이트브리튼 섬의
 북쪽 지역을 차지하고 있어요.

에든버러에 오면 꼭 가 보아야 할 곳이 있어요.
바로 스코틀랜드의 왕이 살았던 에든버러 성이에요.

성에 올라가면 철도교와 스콧 기념탑, 그리고 푸른 강이 보이지요.
성 꼭대기에는 스코틀랜드 국기가 펄럭이고 있어요.

스코틀랜드에는 어디를 가나 산과 성이 있어요.
그리고 폭포와 호수도 있지요.
네스 호에는 점잖은 괴물 네시가 살고 있대요.
네시를 한번 찾아보세요.

피오나의 가족은 공동주택에 살고 있어요.
에든버러와 같이 인구가 많은 대도시에 사는 사람들은
피오나네처럼 공동주택에 살고 있지요.

12 피오나의 쌍둥이 오빠들은 럭비를 무척 좋아해요.
럭비는 스코틀랜드 사람들이 좋아하는 운동이에요.

피오나의 엄마는 여행 가이드예요.
여행객들에게 아름다운 에든버러를 소개하는 일을 해요.

14

피오나의 아빠는 기차 기관사예요.
하일랜드로 가는 오래된 증기 기관차를 운전하지요.
척칙폭폭 증기 기관차, 정말 멋지죠?

15

피오나랑 가장 친한 친구인 케이트는 개를 두 마리나 키워요.
맥이랑 바비인데, 정말 귀여워요.
둘은 맥과 바비를 데리고 칼튼 힐로 놀러 가는 걸 좋아해요.
칼튼 힐에 오르면 에든버러 시내를 한눈에 볼 수 있어요.

16

피오나는 학교에 가는 걸 무척 좋아해요.
쉬는 시간이면 친구들과 함께 즐겁게 놀 수 있으니까요.
학교에 갈 때는 파란색과 흰색 교복을 입고,
파란 넥타이를 매어요.

피오나는 학교에서 역사, 지리,
수학, 에스파냐 어를 배워요.
그리고 스코틀랜드의 민속춤인 케일리 댄스도 배워요.
피오나는 친구들과 함께 춤추는 시간을 제일 좋아해요.

피오나는 주말에 케이트와 함께 글래스고에서 열리는
댄스 경연 대회에 나갔어요.
스코틀랜드에서는 가문마다 자기만의 타탄 체크무늬를 가지고 있지
남자아이들은 타탄 체크무늬가 있는 킬트를 입고,
여자아이들은 치마를 입고 띠를 두르기도 해요.
피오나네 가문의 타탄 체크무늬에는 초록과 빨강 줄이 있어요.

23

피오나의 가족은 스코틀랜드 음악을 무척 좋아해요.
쌍둥이 오빠들은 백파이프를 불고,
아빠는 바이올린을 켜요.
그리고 엄마는 하프를 켜고, 피오나는 보드란을 치지요.

여름이면 피오나는 할아버지, 할머니를 만나러 하일랜드로
할아버지와 할머니는 농장에서 양과 소를 키워요.
안개가 낀 날에는 엄마가 유령 이야기를 들려주어요.
오싹오싹 무섭지만 정말 재미나요!

시골에서는 하일랜드 게임을 즐겨 하는데 상도 아주 푸짐해요.
게임이 끝나면 스코틀랜드의 전통 식사인 연어와 해기스를 먹어요.
해기스는 양고기로 만든 요리예요.
28
파티를 열어서 모두 신나게 노래하고 춤추지요.

한 해의 마지막 날에는 새해를 맞이하는 멋진 호그마니 축제가 열려요.
불꽃놀이를 하고, 노래를 부르며 새해를 즐겁게 맞이하지요.
해피 뉴 이어!(새해 복 많이 받으세요!)

아쉽지만, 에든버러 구경은 끝났어요!
스코틀랜드에서 곧 만나길 바라요.
바이! 헤이스트 이 백!(안녕! 곧 다시 만나요!)

안녕

에든버러의 멋진 볼거리

Edinburgh

🔴 스콧 기념탑

에든버러에서 태어난 시인이자 역사가인 월터 스콧을 기념하기 위해 세워진 탑이에요. 탑에는 월터 스콧의 작품에 등장하는 주인공들이 새겨져 있으며, 탑 앞에는 월터 스콧의 동상이 세워져 있어요.

🔴 칼튼 힐

에든버러에 있는 언덕으로 에든버러 시내를 한눈에 볼 수 있어요. 언덕 위에는 19세기 초 나폴레옹 전쟁에서 희생된 병사들을 기리기 위한 기념물이 있어요.

🔘 홀리 루드하우스 궁전

오늘날 영국 왕실이 스코틀랜드에 머물 때 이용하는 궁전이자,
여러 가지 국가 행사가 열리는 곳이기도 해요.

🔘 에든버러 성

6세기에 지어진 성으로 바위산
위에 있어 에든버러 시내가 사
방으로 내려다보여요. 스코틀랜
드의 독립을 상징하는 '운명의
돌'이라는 귀한 돌이 보관되어
있어요.

스코틀랜드의
멋진 볼거리

네스호

스코틀랜드 인버네스에 있는 아름다운 호수예요. 목이 긴 괴물 네시가 살고 있다는 전설이 있어요. 네시의 정체를 밝히기 위해 수차례 조사가 이루어졌지만 아직 밝히지 못하고 있어요.

멜로즈 수도원

스코틀랜드 멜로즈에 있는 수도원 유적지예요. 잉글랜드군의 공격을 받아 많은 부분이 파괴되었어요.

인버네스 성

예로부터 하일랜드 지방의 중심지인 인버네스에 있는 성이에요. 처음엔 나무로 지은 성이었으나, 나중에 돌로 바꾸어 지었어요. 셰익스피어의 맥베스의 배경이 되는 곳이에요.

글래스고 대성당

스코틀랜드 글래스고에 있는 대성당이에요. 스코틀랜드에서 가장 오래된 성당으로 13세기 모습 그대로 보존되어 있어요.

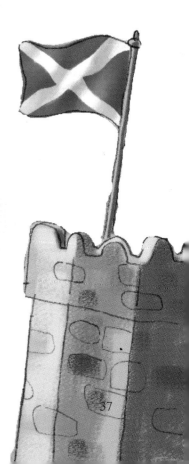

스코틀랜드의 국기

파란색 바탕에 X자 모양의 하얀색 십자가가
그려져 있어요. 성 안드레아의 십자라고도
불리지요. 잉글랜드, 북아일랜드 국기와 함께
영국의 국기를 이루고 있는 국기 가운데
하나예요.

**아우터
헤브리디스**

세인트길다 군도
스코틀랜드의 아우터헤브리디스 제도에
있는 자연 유적이에요.
세계에서 가장 오래된 화산 흔적이 남아
있지요. 희귀한 새와 고유의 식물들이 있어
유네스코에서 지정한 세계 자연 유산이에요.

정식 명칭 스코틀랜드
위치 영국 그레이트브리튼섬
면적 약 7만 8천㎢
수도 에든버러
인구 약 511만 명 (2006년 기준)
언어 영어
나라꽃 엉겅퀴